さみしいファントム

塚本敏雄

思潮社

FANTÔME

さみしいファントム

塚本敏雄

思潮社

目次

装幀＝稲川方人

さみしいファントム

さみしいファントム

路上を行くひとに
影がない
転写が生の速度に追いつかないのだ
ぶれて流れた写真の映像を
無数につなぎ合わせてみろよ
駅前の歩車分離交差点に一斉に流れだす群衆にも
早朝の土手を走る中年ランナーにも
時折り草刈りの手を休めて

昼の月を仰ぐ老いた農夫にも
一様に影がない

洋の東西を問わず
ファントムすなわち
亡霊に関する物語は流布する
人物の背景が火に包まれて
時間の規矩を失うとき
はかない愛おしさだけがとめどなく
路上で影となって溶け出す
それはつまり　あれだな
廃校となった木造校舎の廊下に
いつまでも子どもたちの歓声が

かぼそく響いている
聞こえないか
耳をすませよ　耳をすませよ

何度検索をかけても
ヒットしないファイルが無数に存在する
もしかしたらそれは
ビルの谷間ですれ違う
見知らぬひとたちの足元に眠る
生存の証しのようなものかも知れないのだが
数え切れない語彙が
数え切れない言い回しが　数え切れない旋律が
ひととひとの間で行ったり来たりして

働き者の亡霊たちに儚いヴィジョンを贈る
さようなら　さみしいファントム
歪む街路　痺れが広がっていく夕暮れの街
そして
影をなくした
路上のひとびと

オーヴァーフロー

眠りはいつも突然に訪れる
それまでずっと眠れなかったのに
きっと死も同じように
いつか突然やって来て
たちまちぼくを連れ去るだろう

深夜二時
水道の蛇口を捻ってコップに水を注ぐ

臨界点に達したとき
いきなり水はこぼれる
そのとき　ぼくは　キッチンの冷たい床の上で
唐突に思い至る
何ものにも帰属しない自己を生きること
篠突く雨のような寂寥に耐えて

塩を舐めよ　味噌を舐めよ
ひとり　酒を飲むなら
地の塩　地の味噌　地の人びと
握ったその手を開いてみろよ
古びた叙法に見切りをつける日が
いつか必ず訪れる

眠りに就こうと向かったベッドの上
カーテンの隙間越しに
街灯の灯りがこぼれている
ぼくはカーテンの隙間から
路上を見る
それは日常の作法のようなものだけど
誰もいない路上が限りなく愛おしいのは
何故なんだろう

夏の夜の深みに

揺すったグラスのなかに響く氷の音が
夏の終わりの夕暮れを横切る
蜩の声のように聞こえた晩

ねえ　今日の夕焼けを見たかい
ぼくは見たよ
この美しい世界にいつか
サヨナラを言わなければならなくなる

日が来るとは　ね

いちばん小さな柩を下さい
そうだ
あの日ぼくは　葬儀屋の入り口に立ち
そう言った
生まれもせずに死んだ子を
せめて弔うために
いまとなっては
まるで夢のなかの話のようだけど
本当の話さ

深夜のキッチン

ここは社会から最も遠い
一瞬と永遠が同じ重さとして
氷の音と一緒に溶けていく
記憶のかけらを拾い集めては
酔いの深さにくべてゆく

いちばん小さな柩を下さい
ありとあらゆる思い出のかけらを
小分けにして弔うために

霧の夜

風が強くて
船は揺れた
甲板への狭い通路を行くわたしたち
前を歩むひとが振り向くと
それは懐かしい　若いころの母の顔で
船はいつ出ますか
と尋ねてくるのだった
どうやらわたしのことが分からないらしい

船はもう出てますよ
そう答えると
驚いた様子だった

背後で扉が閉まる音がした
ああ　またひとつ
扉が閉まったんだ　と思っただけで
振り返りもしなかった
船はどこもかしこも鉄で出来ていて
どうして　こんなに重いものが
水に浮かんでいられるのかと
不思議な気がした

次の港はどこですか
それはわたしにも分からない
船というものは
ずいぶんと揺れるものですな
などと
とぼけたことを言うひともいて
一行は賑やかだ

背後で聞こえる　重い扉の閉まる音
風は変わらずに吹きつのる
転ばぬようにと気をつけて
手すりにつかまり
必死に歩くうちに

長い月日が経ってしまった

三月の空

三月末の空の色は薄い
今年はじめての南風が吹いて
団地のベランダに
洗濯物が一気に増えた
にこやかな人々がわけもなく疎ましく
ぼくは
目の前のテーブルに伏せられたカードを
めくれぬまま

日没までのわずかな時間を下って
駅へと向かったのです

「わたしが嫁いだのは十九の春」
それは　母のほつれた物語
そのほつれに
父の物語が絡みつく
若い父は小さな畑のまん中に鍬を突き刺し
地に縛り付けられる境遇を呪って
叫び声をあげた
だが　彼が何を叫んだかは
風が強くて　よく聞き取れないのでした

坂の多い街だった
坂を上って　その角を曲がれば
団地の端の崖上に出た
西の空に　夕焼けがきれいだった
遠くの方には大きな川が見え
列車が鉄橋を越えていくのが見えた
どちらにしろ
次の角を曲がらなければ
見えない風景がある
それは確かなことだと
思うのです

夏の思い出

夏が
シャツを脱いでやって来る
プールの水辺に横たわり
青い水に照り返す光を浴びていた夏
あれはまぼろしだろうか
「冬の最中に
「夏の猛暑を思い出すことが出来ない
「夏の暑苦しさのなかでは

「冬の凍てつきを思い出すことが出来ない」
なんと　おぼつかないことだろう
わたしたちの感覚ってやつは

打球は入道雲めがけて
たかく　たかく　上がる
それから　ゆっくり落ちてくる
差し出すグローヴの先をかすめて
あれもまぼろしか
日が暮れて程よく冷えてきた夜空に
いくつもの星が降る
わたしはこころひそかに確信する
詩は

認知の水位を超えて降りしきる雨だ
霧のような雨に濡れて
わたしは橋上で欄干に凭れる
そして　人知れず老いる

あれから
どれほどの月日が流れたろうか
時間はいつも
束になって飛び去っていく

あたらしい不完全さで

四年前に死んだ妻から
今でも誕生日にはメールが届くんですよ
と
岡本琢次さん（74）は
居酒屋のカウンターで静かに語る
岡本さんはしごく真剣な眼差し
なにしろこんな世の中だ
何があっても不思議ではないが

返事は書いたのですか
いいえ　後ろ姿がやけに目について
花ばかりはらはらと零れるのです
せめて
乗り換えには遅れぬようにと
思っているのですが

天上の逓信省のことだろうか
日々新たに生まれるわたしたち
ただし　みな　不完全なありようで
ときおり
うしろから追い越して行くものがあるが

その顔はたいてい
よく見えない

いま　しばらく
ここで暖を取ってから行きませんか
彼方で呼応する声に向かい
ひそやかに杯を置いて
すこしだけ
息を潜めて

地上の底で

しだいに深まっていく黄昏の
中山競馬場のスタンドで
第十一レースが始まるまでのひと時
どこまでも続く青空を見上げていると
ここが世界の底で
あの空の向こうに
海面のようなものがある気がしてくる
そんな時さ

網走五郎が
よお　と声をかけてきたのは
「調子はどうだい？」
冗談じゃねえ
今日はいわば花競馬だぜ
はなっから勝負なんて考えてねえよ
勝負なら平場でやるさ

「セオリー買うかい？」
おまえ　いまでもそんなもの扱ってんの
寺山修司が一九八三年に死んでこの方
文学的競馬セオリーなんて
消えたと思っていたよ

「リバイバルってもんがあんだよ　世の中には」
なるほどね　一度目は悲劇として
二度目は喜劇として　ってヤツかな

有り金を全部賭ける
レースの開始に合わせてスタンドに溢れ
終われば引き潮のごとく消えていく群衆の中に
いつの間にか五郎も紛れた
まるで人生の登場人物の比喩のように
花はあるかい
取り返しのつかぬこと
天上に消えていったひとたちのこと
外れ馬券の紙吹雪のように

いくつかのことが
冬の空に舞う

天にも地にも
寝床くらいあるさ
花は散り
乾季と雨季が
際限もなく入れ替わる地上の底で
わたしの影は
少しずつ伸びていく

台風が近づく夜

雨の夜はあまり出かけたくない
濡れた路面が光を吸収して
ヘッドライトが届かなくなるから
台風が近づいていて
その影響で雨が降り始めた夜

風の不穏が強くなり
木々のざわめきだけが

人通りの絶えた街路を
過ぎていく
ニュースは最大限の警戒を呼びかけるが
どこかはしゃいでいるように聞こえるのは
気のせいだろうか

光は路面に乱反射して
いつもなら届くはずの
空間に届かない
こんな晩には　ひとり　豆を煮よう
小豆　インゲン　大角豆
いやいや　今夜は黒豆がいい
黒豆の表面に宿る艶に

一度去った光が戻るから

キッチンの蛇口から水が滴る
その様子をぼんやりと見ている
生者たちが寝静まる夜
遠くの空では
報せのような風の音が
鳴り始めている

ともしび

死んだ子どもたちが
夕まぐれ
街の辻々にあかりを灯していく
全速力で駆け抜けながら
そして　天上に去ったあとで
ささやかな希望の灯だよと告げるのである
昨日に似た今日　今日に似た明日

そんな日がとめどなく流れて行く
わたしは
ことばを折り目正しくたたんで
夜の訪れに備える
危機を唱えて
人を導こうとする者らに抗うために
なにしろ
それが彼らの定法なのだから

ありがとう　子どもたち
遠いともしびが
視界のすみで明滅する
力はいつも拮抗し

信ずる道を行ける時ばかりではないが

あかりを灯す子どもたちは
走りながら
歩道橋のうえですれ違う
すれ違いながら　目と目で頷き
手にしたあかりを
ギュッと握りなおしたのだ

さざめき

あなたをおぼえているひとが
いまだこのよにあるかぎり
あなたのおもかげがきえることはない
あなたをおぼえているひとが
いつか　だれもいなくなったら
ようやくあなたは　むめいのひととなり
くさばのかげでつゆとなる

あなたをおぼえているひとは
きっとたくさんいるだろう
あなたをおぼえているひとから
あなたにむけて　いっぽんのせんをひく
そのひとをおぼえているひとともまた
きっとたくさんいるだろう
そこにも　またおなじように
せんをひく
ごらん　このよに
むすうのせんがひかれ
いきかっているのがみえる
これを
えにしというひともいるけれど

ぼくはきょう
しょくばのトイレで　ようをたしながら
めのまえの　こまどから
よくはれたそらをみあげて
あなたのことをおもいだす
もしかしたら
どこかとおいところで　こんなふうに
ぼくをおもいだしているひとが
いるのかしらん
かぼそいせんをつたって
ひかりがおとずれる
そらが

ぬくもる

風になる

斎場から火葬場へと向かうバスは
田園風景のなかを風となって走っていた
風景は私が子どもだった頃から変わらない
年の離れた従兄のノブちゃんは　もうじき
火に包まれる
そうして
私たちの前に再び現れたときには
骨と灰になっているだろう

彼は何になったのか
空気が冷たいところから
暖かいところへ移動して
風という現象となる
ように
移動という現象が起こっただけなのか
高校生の頃に習った
熱量保存の法則にしたがえば
そういうことになるのだろう
それが輪廻ってことなのか
かつて敬虔なクリスチャンのマイクは
真面目な顔で聞いてきたっけ

君は輪廻を信じるのか
次の世に蛙に生まれ変わっても良いのか
マイク
そうじゃないんだよ
風になるんだよ

バスは野を飛ぶ
冷たいところから暖かいところへ
低気圧と高気圧
気圧の谷に沿って
峰があり　稜線があり
つまりは　足に踏む音楽が散らばって
目に見えても見えなくっても

無数の風鳴りが
墓標の代わりとなるんだよ

祝祭のよるに

絶対に　その手をはなさないで
しっかりと　その手をつないでいて
いちど　はぐれたら
もう二度と会えないかもしれない
ここはずいぶんとひどい
人ごみだね
もうじき　えいえんがやってくる
あのひとは

おとなになったらまたおいで
と言ったけれど
いつになったらおとなになれるのか
いつまでたっても
ぼくにはわからない
こんやは年にいちどきりの
おまつりのよるで
お面をつけたあやしい物売りたちが
通りすがりにこえをかけてくる
人影はうすく　なかば透明で
みな足早にすぎていく
ねえ　だから
絶対にその手をはなさないで

ここは途轍もなく広いてんくうだよ
こんなところではぐれてしまったら
もう二度と会えない
とおもうから

化身

わたし　おばあちゃんになっちゃった

家に帰ると
妻は明かりもつけず
台所で膝を抱えていた

月明かりだけが床を濡らしていた

妻は若いころ兎だった
中年になって鳥となり
自ら鳥籠にこもったと思ったら
時折り荒々しい羽音だけを残して
ひとり夜空に航路を刻んでいた

ねえ
トントンして

抱きしめて背中を叩き続けると
泣きながらいつしか眠りに就くのは
年来の習わしだったから
閨房にかろうじて届く

お月様の灯火を
臥所のうえに敷き詰めて
眠りにつこう

きみは　いつまでも　むかしのまま
ううん　今日は優しい嘘をつくのね
いつもは全然優しくないくせに

泣き終えたあとは少し元気になって
ふたたび　兎の姿に戻り
月の光を浴びながら
野山を駆けに
跳んで行く

はるのおわりに

みんなげんきにしてるかなあ
と　つまがいうので
だれのこと　ってきいたら
しんでしまって　いまはいない
ひとのなまえばかり
あげるから
ほら　みてごらん
あのちぎれぐもの

はしっこあたり
きょうも　てをふってくれている
じゃないか　ってこたえたのさ
こんどのにちようび
すいぞくかん　いこうよ
わたしね
おさかなさんと　おはなしできるんだ
がらすごしに　じっとみつめあってると
おさかなのかんがえていることがわかるの
みんな　いいひとだよ
ひとではないだろう　とは
つっこまないでいると
おさかなさんって　めがきれい

という
もう　まちに　ひは　ともったろうか
こはんに　いちやのやどをかりて
ゆくはるを　おしもうか
ぼくたちはどうやってここまできたのか
ふりさけみれど
こうせきは
みちのかぜにあおられて
ゆれているだけ

夜を渡る

いくつもの夜を徹するほどの
長い物語
考えてみれば
全裸で抱きあったのは久しぶりかも
しれないいね
あなたは　わたしの胸に頬をつけて
昔の匂いがする
という

昔っていつのことって聞いたら
出会った頃の匂い
と少し笑った
数えきれない夜を越えて
いまは平然とした川だけが流れる

わたしたちがいつか
二匹の蛍となって
夏の夜空にふらふらと飛び立つとき
ついさっきまで　わたしたちは
少年と少女だったと思い知るだろう
でもそれは
まだ少し先のことだから

物語を急いではいけない

秋になれば
その年最後の花火大会があって
冷えた空にたくさんの花火があがるよ
泣きはらすこの世が明るむ刹那だよ
指先に草むらを濡らして
川を渡る遠い日が霞んでいる
数え切れない夜の向こうに

秋の入り口で

妻はしきりとクラゲが見たいと言う
だって
あんな美しい生き物はいないよ
どうやって生きているのかしら
ゆらゆらと揺れて
揺れ続けて

縁側でお団子食べようか

お月様にもお裾分けしようか
秋の野には狐の類いが飛び跳ねて
月の明かりに
すすきの影ばかり映える

ねえ　もう死んでもいい？
ダメだよ
秋は始まったばかりだよ
いまは秋なの？
さっきまで春の情景の夢を見ていた
気がするんだけど

急に寒くなってきたね

もう一枚毛布を足そうね
風邪などひかないように
わたし　歩くの遅いから
先に行っていいよ
だいじょうぶ
ちゃんと追いつくまで待ってるから
秋はまだ
始まったばかりだから

鍋の音

鍋で何かを煮る音は
雨が激しく降る音に似ているね　と
妻が言う
鍋のなかで煮えているのは
さかな？　まめ？
それとも
しぐれた肉のとろみでしょうか

窓の外ではひとしきり
白い花が降って
こうしていると
ここが
あの世なのか
この世なのか
ときどき分からなくなるの
いのちをいただいて　生きながらえる
私たちの交差点で
街灯が明滅し
ときおり
私たちの鍋の中身を照らすのね
いずれ

あの世とこの世が溶けあって
そんな境界さえ意味を持たなくなる
そんな頃合いがやって来る

だから
いまはこうして
二人して　ひたすらに
鍋の音を聞いていましょう

ルナティック

思えば　あなたは出会った頃から
この世のひととは思えなかった
長い間一緒に暮らし
いつも顔を合わせているのに
少しでも離れると
どんな顔だったか　どうしても
思い出せないのだ
普段は　月の満ち欠けに寄り沿って

笑ったり怒ったりしているけれど
いつかは　もとの世界に
戻っていってしまうのではないか
そんな微かな怯えが
幾つもの物語の異型を作り出す

石段を一番下まで下りて
西の空を仰ぐと
月齢浅い三日月が
つまり　生まれたばかりの薄い月が
夕暮れの空と遊んでいる
ねえ　いつ来たの?
そこに

口に含むと一瞬華やいで
やがて跡形もなく溶けて消える
味わいは確かにそこにあるのに
思い出そうとしても巧く思い出せない
記憶は
少しずつ失われていくものだけど
それにしても
今日のことが
明日思い出せるとは限らない
だろう？

東から西まで

空は広い
生まれ故郷が恋しい　と
泣きながらやがて眠りに就くあなたの傍らで
月は昇って沈む
薄明かりのなかで目を覚まし
ここはどこ
と　あなたはいつも訊ねる

旅芸人の一座

裸体を衣裳のごとく身に纏い
女は調べに合わせて舞った
それが私たちの生業だからね
おりふしの光に濡れて
闇は輝く
人生ってやつもこの辺まで過ぎてくりゃ
悲しいこと　恥ずかしいことだってあるさ
別に不思議な話でもないだろう？

旅路に旅路を重ね
幾星霜
荷車を押し　勧進元に乞われるまま
幾たびかは同行を願う奴らもいてね
秘かに政府転覆を唱うる輩かとも見えたが
それもこうした一座には付き物と
つまるところは見て見ぬふりさ
興行先では色恋沙汰のひとつやふたつ
それも興行のうちかと思えば
とりたてて気にもならぬ
ひと夜ひと夜の旅枕
私たちが一座を立ち上げて出立してきたのは

いつのことだったか
どこの町でだったか　そんなことさえ
おぼろに霞む

秋空には幟旗がよく似合う
実にいい季節だ
生と死が繰り返される路傍で
ひとしきりの宿りを結び
夜になれば　歴史には残らぬ民を悦ばす
満ちる月を撃ち落とす勢いで
大きな火を焚く
それが私たちの
生来の生業だからね

行雲流水カフェ

始めました
畑のなかの小さなカフェ
取り立ててコンセプトもありませんが
窓だけは大きくとりました
辺りの風景がよく見えるように
夜になると内部の灯りが洩れて
田畑を皓々と照らします

春には揚げひばり　夏には夕立ちの撥ね
秋の平野の向こうに落ちていく夕陽
冬にはお山から吹き下ろす風の切れ
そんなものでよろしければ
供することができます

何かお召し上がりになりますか
鰺の南蛮漬け　鰯の丸干し
どちらも小ぶりに限ります
今日はたまたま
蓮根の治部煮を作りました
抜かりなく銀杏も入っています
野良仕事を終えた近所のおじさんが

かずえさん　夜に寄らせてもらうよ
と声をかけてくださいます

今夜は珍しく
結界を超えて
足の見えないお客様もたくさん見えられて
千年の昔話が賑やかに
野山のものたちも皆楽しげに
聞き耳をたてています
命を喰らうことでしか生きられない私たち
そんな私たちの咎多い営みが
繁ったり陰ったり
少しく身を傾げながら

今日も静かに野山に溶けていきます

塚本敏雄　つかもと・としお

一九五九年生まれ。茨城県つくば市在住。

詩集

『花柩』（一九九三年・思潮社）
『リーブズ』（二〇〇一年・思潮社）
『英語の授業』（二〇〇六年・書肆山田）
『見晴らしのいいところまで』（二〇一三年・書肆山田）

さみしいファントム

著者
塚本敏雄《つかもととしお》
発行者
小田啓之
発行所
株式会社 思潮社
〒一六二—〇八四二 東京都新宿区市谷砂土原町三—十五
電話〇三(五八〇五)七五〇一(営業)
〇三(三二六七)八一四一(編集)
印刷・製本
創栄図書印刷株式会社
発行日
二〇二三年五月三十一日